Charles Barbara

Romanzoff

1860

PAR UNE FROIDE JOURNÉE de novembre de l'année 1841, vers une heure de l'après-midi, un homme, enveloppé d'un manteau à capuchon, s'arrêtait devant une maison de la rue Monsieur-le-Prince, et jetait un coup d'œil rapide sur les écriteaux de location qui se balançaient au-dessus de la porte. Il entra dans la loge du concierge.

« Madame, dit-il à la femme qui s'y trouvait, vous avez des appartements à louer ?

– Oui, monsieur ; un au troisième et un autre au premier.

– Voudriez-vous me faire voir celui du premier ? »

La concierge, séduite tout d'abord par la voix, les manières, la figure de ce jeune homme, prit des clefs avec empressement et monta devant lui.

Il était de taille ordinaire ; son visage pâle avait de la distinction ; son œil bleu était d'une grande douceur ; une longue barbe blonde cachait le bas de son visage ; son accent trahissait un homme du Nord.

Il parcourut, sans y faire beaucoup d'attention, les diverses pièces de l'appartement, s'informa du prix et loua.

L'appartement étant vide, il pouvait venir l'habiter immédiatement.

« Je m'appelle Romanzoff, dit-il au moment de partir. Si vous voulez avoir des renseignements, allez chez M. H..., mon notaire, rue,.., n°.... »

Le nom du notaire, la rue, le numéro, tout y était.

Mais à quoi bon ? Dans le courant de la journée arriva de l'hôtel des commissaires-priseurs, pour M. Romanzoff, une grande tapissière remplie de fort beaux meubles qui valaient beaucoup mieux que les meilleurs renseignements.

La concierge, après cela, crut pouvoir se dispenser d'aller prendre des informations sur le compte de son nouveau locataire. D'ailleurs, comme devaient en témoigner plus tard ses propres paroles, elle eût accepté l'homme sur sa bonne mine.

M. Romanzoff avait une manière de vivre qui le fit prendre aussitôt pour un original. Il vivait absolument seul, ne recevait personne, ne sortait point ou du moins ne sortait que fort peu, encore n'était-ce que le soir.

Dans les premiers temps, il lui arriva deux ou trois fois tout au plus de sortir le matin au petit jour pour aller à la halle. On l'en vit revenir chaque fois suivi d'un commissionnaire qui courbait le dos sous une hotte pleine de viande, de légumes et de vin. Toutes ces provisions furent déposées dans une cave d'où Romanzoff tirait chaque jour ce dont il avait besoin pour se nourrir.

Aucun de ceux dont l'œil était sur lui ne concevait qu'un homme bien élevé, qui occupait un appartement de plus de deux mille francs, qui avait un riche mobilier, des glaces, des tapis, vécût de la sorte. C'était d'autant plus étrange, que loin d'être avare, il avait toujours l'argent à la main et payait toutes choses sans marchander.

La concierge lui proposa un jour de lui procurer quelqu'un pour faire son ménage.

« Ce n'est pas la peine, répondit-il ; il y a peu de chose à faire chez moi ; tout y est en ordre, et je ne dérange rien. D'ailleurs, ajouta-t-il, j'attends un jeune homme qui m'aidera si cela est nécessaire. »

Effectivement, quelques jours plus tard débarqua le jeune homme annoncé. C'était un Wurtembergeois nommé Pressel, qui disait travailler en vue d'obtenir le diplôme d'architecte.

A dater de ce jour, Romanzoff cessa tout à fait de sortir le matin ; le soin d'aller aux halles et d'y faire des provisions regarda exclusivement Pressel.

Ce jeune homme s'exprimait difficilement en français ; il ne parlait qu'avec respect et enthousiasme de Romanzoff, qu'il appelait son bienfaiteur.

« Quoique très-riche et d'une grande famille, disait-il dans son jargon moitié allemand, moitié français, c'est le plus simple et le meilleur des hommes. Il n'a que deux passions : étudier et faire du bien. Je ne puis vous dire tout ce que je lui dois déjà. Pour des services sans importance, il me loge, me nourrit, m'habille, m'achète des livres, me donne des leçons et me fait suivre un cours d'architecture. Il ne veut me renvoyer dans mon pays que quand j'aurai entièrement terminé mes études. »

Ces détails excitaient plus d'intérêt que de surprise : ils corroboraient simplement l'idée qu'on se formait déjà de Romanzoff. Sa sensibilité était évidemment excessive ; toute misère la faisait vibrer et la surexcitait. Sous l'influence de cette sensibilité, l'aumône lui était une pratique qui semblait nécessaire à la tranquillité de sa vie. Il lui arrivait fréquemment d'attirer dans son antichambre quelques-uns de ces petits ramoneurs, toujours si affamés, du moins en apparence, qu'il régalait à bouche que veux-tu de pain et de viande, ou encore de pauvres enfants en guenilles, nu-pieds, auxquels, après les avoir longuement interrogés, il donnait du linge, de vieux habits et souvent même de l'argent.

Et certes l'ostentation, en tout cela, ne jouait qu'un rôle bien effacé : il imposait comme un devoir à ceux dont il avait compassion d'être discrets, de ne parler de lui à personne, sous quelque prétexte que ce fût.

Sa vie ne cessait toujours pas d'être étroitement murée. L'intérieur de son appartement était comme celui d'un harem ; hormis Pressel, personne n'y pénétrait. Il ne recevait point de lettres ; il restait des semaines entières sans sortir ; s'il sortait, ce n'était que le soir, à la brune, pour ne rentrer la plupart du temps que quatre ou cinq jours après.

Une seule fois, la concierge pénétra chez lui, sur le matin, pour repriser l'accroc d'un tapis. Cette femme, veuve entre deux âges, qu'on appelait Mme Delte, adorait Romanzoff. Elle n'entra que profondément émue dans le sanctuaire de son idole. Assis à une vaste table sur laquelle étaient épars des instruments de mathématiques, une guitare, des papiers, des livres, Romanzoff donnait une leçon de calcul à Pressel. Malgré son émotion, la bonne femme, sans s'arrêter de coudre, jeta des regards furtifs de côté et d'autre.

Elle se sentit de la glace jusque dans les os, en s'apercevant que l'œil bleu, vif, pénétrant, de Romanzoff, était âprement rivé sur elle.

Une femme vint un jour le voir. Quoique vêtue fort simplement, elle n'était pas sans élégance. L'épaisseur d'un voile cachait rigoureusement son visage. Elle demanda si M. Romanzoff était chez lui et à quel étage il demeurait ; les autres fois, car elle vint dès lors de temps à autre, toujours voilée avec le même soin, elle passa devant la loge et monta sans même tourner la tête. Les visites de cette femme avaient un caractère mystérieux qui ajouta encore à la curiosité croissante qu'excitait Romanzoff.

Chapitre 2

LA MAISON, DE CINQ ou six étages, groupait dans la même colonne d'air des gens de professions fort diverses. On y comptait des jeunes gens, étudiants, peintres ou gens de lettres, qui fréquemment le soir se rencontraient au rez-de-chaussée, chez la concierge, et y tenaient des espèces de conciliabules où il était question de tout un peu. Des femmes de la maison ou du voisinage, grossissaient quelquefois ces réunions. Pressel, en l'absence de Romanzoff, y venait faire tapisserie et y écouter bouche béante des discussions qu'il ne comprenait pas toujours.

Deux ou trois fois, Romanzoff y apparut à l'improviste et y séjourna quelques instants. L'on parlait de lui incessamment et l'on ne le voyait que rarement : il ne pouvait manquer d'avoir un grand prestige. En venant s'asseoir familièrement dans la loge, il prouvait en outre que, s'il se refusait aux liaisons, ce n'était pas par fierté. La sensation qu'il produisit chaque fois fut très-vive. Des indiscrets, sans y entendre malice, le soumirent à une sorte d'examen. Il possédait plusieurs langues, connaissait à fond l'histoire, la philosophie, les mathématiques ; ses opinions en musique et en peinture attestaient une véritable intelligence de ces arts. Mais c'est surtout d'économie politique qu'il causait le plus volontiers. Dès qu'il était question de paupérisme, son œil étincelait, son éloquence prenait feu, sa pantomime devenait d'une vivacité singulière.

Plus tard, on ne devait pas se rappeler sans stupeur avoir entendu sortir de sa bouche des phrases de ce genre :

> Je ne crois pas qu'il n'y ait ici-bas que des injustices. Il y a, par exemple, dans la répartition des richesses, que nous attribuons au hasard, probablement plus d'équité que nous ne le supposons généralement. Cependant, de toute évidence, trop de gens disposent d'une fortune de beaucoup supérieure à la modération de leurs appétits comme aux ressources de leurs facultés, et, de nos plaies, celle-là sans doute est l'une des plus graves.

A entendre Romanzoff, les moins avares mêmes d'entre ceux-ci, thésaurisant, faute de mieux, et retirant de la circulation d'innombrables richesses, ressemblaient à des gens qui occuperaient leurs loisirs à barrer une rivière et à en amasser l'eau dans les profondeurs d'un gouffre. Il ajoutait :

Si l'homme consentait une fois à voir et à vouloir, demain, la moitié des misères qui désolent l'humanité disparaîtrait de ce monde sans coup férir, sans la moindre perturbation.

Sa parole, comme sa vie, avait quelque chose d'énigmatique, de ténébreux. Des éclairs traversaient parfois cette obscurité. Par exemple :

La misère est de trop en ce monde. Quand elle aura disparu, assez de douleurs encore resteront à la pauvre espèce humaine.

Ces fragments, s'ils ne sont pas absolument textuels, donnent au moins la nuance exacte des sentiments dont Romanzoff était ou voulait qu'on le crût animé.

Ajoutons qu'il s'adressait à des jeunes gens et qu'il parlait quelquefois avec passion, avec véhémence, comme, pour ne citer qu'un trait, quand il lui arriva de s'écrier :

Oh ! les pharisiens ! les pharisiens ! toujours les mêmes, après dix-huit siècles. Sépulcres blanchis, pleins d'ossements ! L'Évangile est à recommencer. Nous verrons ! de cet excès de désordres et de maux, il sortira peut-être quelque bien.

Cela suffit à expliquer l'enthousiasme qu'il parvenait à exciter en l'âme de quelques-uns de ceux qui l'écoutaient.

D'ailleurs, s'il osait mal parler des *comédiens de sensibilité* qui n'ont, pour l'infortune, que des larmes stériles, rien que des larmes et des paroles mielleuses, s'il lui arrivait de dire à ce sujet :

J'estime que nous avons le droit d'être de bronze avec nos semblables, et qu'il serait au moins indiscret, hors ce que prescrivent les lois et les usages, d'imposer aux hommes quoi que ce soit. Mais qu'avec le parti pris d'éconduire un misérable, on veuille lui donner le change sur les intentions qu'on nourrit à son égard, qu'avec un cœur de garde-chiourme on vise à la réputation d'homme sensible et aux bénéfices de cette réputation, voilà ce qui me semble haïssable et digne d'être flétri.

S'il disait cela, si même il appuyait étrangement sur cela, on va voir, par deux traits, choisis entre vingt, que, selon toutes les apparences, son penchant le disposait à faire mieux que des phrases.

Chapitre 3

En ENTRANT DANS LA maison, la loge était à droite, l'escalier en face ; sous la cage de l'escalier, près de la loge, ouvrait la cave. La veuve Delte couchait à l'entre-sol. Entre sa chambre à coucher et la loge, il existait, dans le mur de l'escalier, une cavité basse, irrégulière, mais large, profonde, fermée, qui servait à Mme Delte de cabinet à débarras.

Un matin, Romanzoff, descendant de chez lui à la cave, saisit au passage des soupirs qui s'échappaient par la porte entre-bâillée de cette niche obscure et sans air. Il se glissa sur-le-champ dans la loge.

« Je me trompe sans doute, madame, fit-il avec quelque étonnement, personne ne loge dans un pareil endroit ; les plaintes que j'ai entendues en descendant ne sont qu'une illusion.

– Quelles plaintes, monsieur Romanzoff ?

– Il m'a semblé qu'elles sortaient de ce placard ménagé dans la muraille, à côté de votre chambre.

– J'y suis, une pauvre femme....

– Une pauvre femme ! » interrompit vivement Romanzoff.

Nul ne conteste que la charité, en France, surtout dans les grandes villes, ne s'exerce abondamment, sans relâche, sous mille formes, et avec une spontanéité, une discrétion, une simplicité tout à fait exemplaire. Ceux qui souffrent en jouissent comme d'un droit. Néanmoins, bien des misères encore, faute de se laisser voir, faute d'être devinées, ne sont point secourues. C'est l'exception. C'était le cas actuel.

Il s'agissait d'une jeune femme, privée de famille et d'amis, ou du moins n'ayant que des parents et des amis impuissants à l'aider. Tout porte à croire que les conseils mêmes lui manquaient.

Son mari, ouvrier laborieux, était tombé malade six ou sept mois après leur mariage. Se flattant de bientôt guérir, il avait cédé aux instances de sa femme qui répugnait à le voir transporter dans un hospice. Il en était résulté un état de gêne effroyable. Une série d'expédients désastreux avait grevé l'avenir sans décider d'un présent moins sombre. De crise en crise, l'ouvrier était mort, laissant sa femme enceinte et près d'accoucher.

Accablée de dettes, sans ressources, sans crédit, sans espérances, il ne lui restait plus qu'à solliciter son admission à la Bourbe. Elle y était entrée épuisée par les fatigues et les privations, et y avait mis au monde un enfant qui avait vécu à peine quelques heures. Son état de fièvre et d'épuisement réclamait un long repos et de grands soins ; mais l'hospice n'est pas une maison de santé : elle avait dû en sortir et céder sa place à d'autres.

Un cabinet garni à six francs par mois l'avait vue quelques jours s'acharner au travail. Ses forces avaient trahi son courage. Pour comble de désastre, il lui avait fallu, sur les sommations de l'hôtelier, quitter le coin du grenier où elle gîtait.

Vers le soir, par le froid, à moitié folle de désespoir, elle avait erré à travers les rues, en chancelant, uniquement soutenue par la crainte d'être accusée de vagabondage et d'être arrêtée. Une inspiration l'avait enfin conduite rue Monsieur-le-Prince, chez la concierge qu'elle connaissait depuis longtemps, et celle-ci, touchée de compassion, lui avait offert de son chef, en attendant mieux, un lit de sangle dans cette espèce de nid à rats d'où Romanzoff venait d'entendre sortir des gémissements.

« On dit : *Aide-toi, le ciel t'aiderai* ajouta Mme Delte en terminant. Encore faut-il, monsieur Romanzoff, qu'on ait la force de s'aider. »

Romanzoff (Romanoff) était ému, hors de lui ;

« Est-ce possible ? disait-il. La malheureuse ! Pourquoi ne pas m'avoir averti tout de suite ?

– Elle n'est ici que d'hier soir.

– Enfin, enfin, ajouta Romanzoff, Dieu soit loué ! c'est la Providence qui l'a conduite ici. Attendez !... »

Là-dessus, Romanzoff sortit brusquement de la loge et remonta chez lui. Il en descendit quelques minutes après.

« Madame, dit-il, en mettant cent francs dans les mains de la concierge, voici de l'argent que vous remettrez à cette pauvre femme. Qu'elle cherche un logement et qu'elle se rétablisse. Vous voudrez bien me tenir au courant de ses besoins. Je me charge de tout jusqu'à ce qu'elle puisse trouver du travail. Seulement, je vous prie de ne point lui dire d'où lui vient cet argent. »

Il profita de la stupeur que cette action causait à la concierge pour se retirer.

Chapitre 4

DEPUIS SON ENTRÉE DANS la maison, qui remontait au mois de novembre 1841, Romanzoff avait marqué presque chaque jour par quelque acte de générosité. Bien des gens commençaient même à être las d'entendre perpétuellement l'éloge de cet homme, et prêtaient volontiers l'oreille à certains railleurs assez courageux pour tourner sa bienfaisance en ridicule. D'autres, en qui Romanzoff avait attisé une curiosité proche de la passion, murmuraient au souvenir du mystère dont il s'opiniâtrait à entourer sa vie. Insensiblement, l'indiscrétion, la jalousie, la médisance, l'injustice, se liguaient contre lui et faisaient en quelque sorte le siège de sa mystérieuse individualité. A tout dire, aucun de ces sentiments hostiles ne réussissait à inspirer une conjecture capable de durer seulement quelques heures.

Le 6 du mois de janvier de l'année 1842 arriva.

Ce jour devait faire époque dans la maison.

Romanzoff était absent. Vers deux ou trois heures de l'après-midi, une jeune fille vint le demander.

« Il n'y est pas, mademoiselle, repartit Mme Delte.

– Pensez-vous qu'il rentre bientôt ?

– Je l'espère, et si vous voulez l'attendre.... »

La jeune fille s'assit. Elle pouvait avoir vingt-cinq ans. Sa physionomie respirait l'honnêteté ; sa mise était des plus simples.

Rien de ce qui concernait M. Romanzoff n'était indifférent à Mme Delte. L'envie de savoir ce qu'il pouvait avoir de commun avec cette jeune fille lui fit bientôt rompre la glace. Elle mit insensiblement la conversation sur son locataire, et parla de lui avec un enthousiasme qui partait du cœur.

« Oh ! madame, fit la jeune fille avec émotion, dites tout le bien que vous voudrez de M. Romanzoff. Je suis fondée à le croire plus généreux encore que vous ne supposez. »

Une sorte d'intimité s'établit rapidement entre les deux femmes. Grâce à M. Romanzoff, les instants pour elles passèrent vite. La jeune fille enfin sembla ne pas pouvoir attendre plus longtemps,

« Lui voulez-vous quelque chose que je puisse lui dire ? demanda Mme Delte.

– Moi seule, répliqua la jeune fille, je puis lui dire ce que je sens. La reconnaissance déborde de mon âme. Si vous saviez ! »

Elle fit une pause, et reprit :

« Tenez, madame, vous aimez M. Romanzoff ; il est mal de vous cacher un secret qui achèvera de vous le faire connaître et redoublera votre admiration pour lui.... »

Le père de cette jeune fille tenait une table d'hôte dans le quartier des halles. C'était un ancien militaire, et, à ce qu'il semble, le plus confiant des hommes ; de nombreux déboires n'avaient pu le guérir d'accorder du crédit à tout venant, et il avait toujours manqué du courage d'exercer des poursuites contre ses débiteurs. Dix années de ce désintéressement, passées au milieu d'alarmes et d'embarras perpétuels, avaient finalement déterminé sa ruine.

Romanzoff s'était longtemps assis à la table de ce brave homme ; bien qu'il eût cessé d'y manger, il n'en continuait pas moins d'aller le voir d'intervalle en intervalle. Tout récemment, dans l'une de ces visites, Romanzoff, frappé de l'air morne dont le vieux soldat avait ajourné le payement d'une traite, l'avait pris à l'écart et l'avait contraint d'avouer le désordre de ses affaires. « Combien vous faut-il ? lui demanda-t-il ensuite. — Ne parlons pas de ça, répondit le vieillard en secouant la tête : c'est inutile. — Dites toujours. — Il me faudrait au moins sept ou huit mille francs. Je suis perdu. — Peut-être non, repartit Romanzoff. Mes ressources personnelles ne me permettent évidemment pas de vous prêter cette somme. Mais je connais des gens riches et charitables qui probablement, sur ma recommandation, ne se refuseront pas à vous venir en aide. Espérez ! » Il sortit.

« Son bon cœur nous était connu, ajouta la jeune fille ; malgré cela, madame, à vous parler franchement, nous ne fondions que bien peu d'espoir sur sa parole. Comment se flatter en effet de trouver une si grosse somme sans aucune garantie ? Le lendemain cependant, un jeune homme a remis entre les mains de mon père un paquet cacheté de la grandeur d'une lettre. Nous ne savions que penser. Le jeune homme n'avait fait qu'entrer et sortir. Jugez de notre surprise, de notre joie, de nos transports, quand, de l'enveloppe déchirée, tombèrent huit billets de mille francs ! Nous ne pouvions en croire nos yeux. Pour moi surtout, madame, c'était plus que le salut, c'était la vie de mon père. Faute d'avoir des livres bien en ordre, il pouvait lui arriver pis que d'être mis en faillite, et peut-être n'eût-il pas eu le courage de survivre à cette honte.... »

Stupéfiée elle-même, transportée d'admiration, Mme Delte convint que ce nouveau trait l'emportait de beaucoup sur ce qu'elle savait de M. Romanzoff.

« Je riais, reprit la jeune fille, je pleurais, je gesticulais comme une folle. Le besoin d'exprimer ma reconnaissance me tourmentait plus qu'une fièvre. Et il ne paraissait pas !... N'y pouvant plus tenir, je suis accourue ici. Lui-même nous avait donné cette adresse.... »

La jeune fille fit une nouvelle pause et ajouta en se levant :

« Mais il ne vient pas. Une plus longue absence pourrait inquiéter mon père. Je m'en vais. Ne manquez pas de lui dire, je vous en prie, madame, que nous voulons le voir, et que, s'il tient à ne pas être persécuté, il faut absolument qu'il cède à nos instances.... »

Mme Delte promit de ne pas oublier la recommandation, et la jeune fille, sur cette assurance, s'empressa de partir.

Chapitre 5

ORTIS ENSEMBLE UN SOIR, Romanzoff et Pressel n'avaient pas donné signe de vie depuis au moins huit jours. Il n'était pas dans leurs habitudes de faire des absences si longues. Mme Delte s'attendait d'instant en instant à voir apparaître l'un ou l'autre. La visite qu'elle venait de recevoir, en ajoutant à son enthousiasme pour Romanzoff, lui en faisait souhaiter le retour avec une impatience exceptionnelle.

Sous l'empire de cette impatience, vers huit heures du soir, à deux violents coups de marteau, elle tressaillit d'aise.

C'était effectivement son locataire.

Il entra, ou mieux, il se précipita dans la loge.

Enveloppé comme toujours de son burnous, pâle autant qu'un mort, la sueur au front, l'œil hagard, il était aux prises avec un tremblement convulsif qu'il essayait vainement de dominer.

« Madame, madame, fit-il d'une voix haletante, vite, quelqu'un ! Il faut que je veille auprès d'un ami dangereusement malade. Je voudrais prendre des livres chez moi, et j'ignore ce qu'est devenu ma clef.... »

La prière de Romanzoff respirait une telle anxiété que Mme Delte, négligeant ce qu'elle avait à lui dire, s'empressa de faire ce qu'il demandait. Elle courut chez le serrurier et, bientôt de retour, annonça que l'ouvrier la suivait....

Mais c'était le 6 janvier, jour des Rois ; le serrurier, qui mangeait un gâteau en famille, oubliait ou ne se pressait pas de venir.

Toujours aussi pâle et aussi agité, inattentif aux paroles de Mme Delte, qui, pour passer le temps, s'acquittait de la commission dont la jeune fille l'avait chargée, Romanzoff se promenait de long en large. Il semblait hésiter à prier la bonne femme de retourner chez l'ouvrier ; mais il la regardait parfois d'un œil dont l'expression était mille fois plus éloquente que toutes les prières.

Mme Delte comprit. Le serrurier cette fois vint avec elle. C'était un homme gros et grave qui semblait venir pour constater un décès. Romanzoff se saisit d'une lumière et monta rapidement devant lui.

« Hâtons-nous, de grâce ! » fit-il.

Insensible à cette excitation, le gros homme, d'un air maussade, examina lentement la serrure et se disposa à essayer l'un après l'autre les rossignols dont il s'était muni.

Ces lenteurs mettaient Romanzoff à la torture.

« Je n'ai pas un instant à perdre ! s'écria-t-il d'un accent irrésistible. Plus vite, cher monsieur ! S'il le faut, faites sauter la serrure ! »

Déjà fort mécontent qu'on l'eût arraché aux joies de la famille, le serrurier, qui croyait d'ailleurs, par sa seule présence, témoigner d'une générosité digne d'admiration, trouva tout à fait inconvenant le ton impérieux dont Romanzoff lui parlait. Il redoubla de lenteur et de maladresse.

« De grâce, monsieur ! ajouta Romanzoff d'une voix que faisaient vibrer des angoisses dévorantes.

— Eh ! monsieur, repartit le serrurier incapable de cacher plus longtemps sa mauvaise humeur, cette serrure est très-difficile et je n'ai que des clefs. Il fallait me dire d'apporter une pince. »

Cependant il se redressait et marquait l'envie de battre en retraite.

« Je vous en prie, monsieur ! dit Romanzoff en barrant résolûment le passage. Un de mes amis se meurt ; je dois prendre chez moi des lancettes pour le saigner. Chaque instant qui s'écoule ajoute au danger et à mon désespoir. Peut-être arriverai-je trop tard.

L'air, l'accent, les paroles de Romanzoff émurent enfin le serrurier et le décidèrent à plus d'empressement. Il se remit vivement à la besogne ; son zèle le servit à souhait.

« Nous y voilà ! » fit-il presque aussitôt.

La porte céda. Romanzoff se précipita chez lui comme un torrent par une brèche. Après y être resté trois ou quatre minutes tout au plus, il reparut, cachant sous son manteau un ou plusieurs objets d'un assez grand volume, et, sans même se préoccuper de sa porte ouverte, descendit précipitamment l'escalier.

Mme Delte était sur le seuil de sa loge.

« Adieu, madame ! lui dit vivement Romanzoff.

— Ainsi, monsieur Romanzoff, c'est convenu, se hâta de dire la concierge : je ne vous attendrai pas ce soir.

— Je viendrai.... à deux heures, balbutia Romanzoff. Adieu, madame, ajouta-t-il en lui pressant les mains ; nous nous reverrons. » Puis il disparut.

Chapitre 6

ME Delte, le soir, ne quittait pas le rez-de-chaussée avant d'avoir vu rentrer ceux des locataires de la maison qui d'ordinaire se faisaient le plus attendre. Sa veille se prolongeait rarement au delà de minuit. Elle fermait alors sa loge, donnait deux tours de clef à la porte de la rue et montait à sa chambre. A dater de cet instant, si, par aventure, quelqu'un frappait, la bonne femme devait quitter son lit et descendre ouvrir.

« A deux heures, deux heures, pensait-elle : est-ce deux heures du matin ou deux heures de l'après-midi ?... N'importe ! ajouta-t-elle ; à tout hasard, j'attendrai jusqu'à deux heures du matin. »

C'était là au reste une chose qui lui coûtait peu, puisqu'il s'agissait de *ce bon monsieur Romanzoff.*

Des locataires de la maison, ceux qui étaient sortis rentrèrent successivement. Minuit sonna, puis une heure, puis deux heures, et de M. Romanzoff point. Persuadée enfin qu'il ne rentrerait pas, Mme Delte ferma sa porte et gagna sa chambre à coucher.

Elle s'était mise au lit et venait d'éteindre sa lampe, quand trois coups de marteau ébranlèrent la porte de la rue.

« Ah ! se dit la bonne femme, voici M. Romanzoff ! »

Elle sauta à terre, passa un jupon et, sans rallumer sa lampe, de peur de faire attendre son locataire, elle s'empressa de descendre à tâtons.

« Est-ce vous, monsieur Romanzoff ? » demanda-t-elle.

Une voix répondit que oui.

Elle tourna la clef dans la serrure et entre-bâilla la porte. Le battant en fut poussé du dehors avec une telle violence que Mme Delte manqua tomber à la renverse. En même temps, elle entendit un bruit confus de pas et de respirations et vit, dans le rayon de lumière qu'un bec de gaz voisin projetait par la porte ouverte, défiler des silhouettes humaines. Paralysée à force d'épouvante, la pauvre femme crut à une bande d'assassins et pensa toucher à sa dernière heure.

Se sentant, dans les ténèbres, car la porte avait été refermée, pressée et coudoyée par des hommes dont son effroi lui grossissait le nombre, elle ne songeait qu'à demander grâce.

« Messieurs, messieurs, balbutiait-elle, ne me faites pas de mal.

– Taisez-vous, taisez-vous ! lui dit-on à voix basse en essayant de lui fermer la bouche.

– Mon Dieu, mon Dieu ! messieurs, ne me faites point de mal ! répéta-t-elle, tandis qu'elle faisait des efforts pour se dégager.

– Encore une fois, taisez-vous ! firent plusieurs voix ; et donnez-nous de la lumière : on ne vous fera aucun mal. »

A demi suffoquée, d'un pas chancelant, elle regagna sa chambre, délibérant à part soi si elle ne ferait pas bien de crier au secours. Il lui sembla plus sage de se taire et d'obéir. Elle alluma donc sa lampe, s'habilla à la hâte, et descendit.

Une dizaine d'hommes, vêtus de chaudes capotes, la cravate sur le nez, paraissaient se consulter entre eux. Ils faisaient cercle autour d'un homme qui avait un ruban rouge à sa boutonnière. A l'extérieur de ces gens, Mme Delte se rassura un peu. L'homme décoré se détacha du groupe et vint à elle.

« A quel étage demeure Romanzoff ? lui demanda-t-il d'un ton impératif.

– Au premier.

– Est-il chez lui ?

– Non, monsieur.

– Quand l'avez-vous vu ?

– Hier soir.

– A quelle heure ?

– A huit heures. Il est entré et s'en est allé presque sur-le-champ.

– Devait-il rentrer ?

– Oui, monsieur, à deux heures.

– A deux heures du matin ?

– C'est ce qu'il ne m'a pas dit, monsieur. J'ai cru que c'était lui, quand vous avez frappé.

– Comment cela ?... »

Mme Delte raconta alors jusque dans les moindres détails ce qui s'était passé le 6 au soir entre elle et M. Romanzoff.

« C'est bien, repartit l'homme au ruban rouge, nous attendrons. Ouvrez-nous votre loge et retournez dans votre chambre. »

Chapitre 7

AUCUN DOUTE N'ÉTAIT POSSIBLE actuellement sur l'état de ces hommes et sur leur commission. Au jour, l'un d'eux sortit et, quelque temps après, revint accompagné d'un nouveau personnage. Tous ensemble gagnèrent le premier, pénétrèrent chez Romanzoff dont l'appartement était resté ouvert et procédèrent à de minutieuses perquisitions qui eurent pour résultat la saisie d'une multitude de pièces.

Qu'avait fait M. Romanzoff ? De quel crime l'accusait-on ? Tout portait à croire qu'on attachait la plus haute importance à sa capture. Une conspiration était l'unique délit dont on osât, dans la maison, ternir la mémoire de cet homme généreux. Quoi qu'il en soit, le mystère ne devait pas, de longtemps encore, être éclairci. Pas une seule des paroles échappées de la bouche des agents ne fournit d'indices à cet égard. Après une heure et plus de séjour dans l'appartement de M. Romanzoff, ils s'éloignèrent, hormis toutefois deux d'entre eux qui furent laissés en faction dans la loge.

Ces deux hommes s'installèrent commodément, et, invitant la concierge à ne pas s'occuper d'eux et à être discrète, ils observèrent en silence les gens qui sortaient et ceux qui entraient. A l'heure du dîner, l'un d'eux monta chez Romanzoff et en descendit peu après avec du pain, des viandes froides, du vin cacheté, etc. Mme Delte s'étant empressée de leur fournir deux couverts, ils mangèrent, sans quitter la porte du coin de l'œil, aussi tranquillement qu'ils eussent fait dans leur propre domicile.

Aucun autre incident ne signala cette journée. Le lendemain, la loge fut occupée par deux nouveaux agents qui eux-mêmes, après un jour et une nuit de service, furent remplacés par deux autres, et ainsi pendant huit ou dix jours environ. Ils s'en allèrent un matin pour ne plus reparaître. Néanmoins, de temps à autre, dans la journée, ou encore le soir, fort tard, il vint des inconnus demander M. Romanzoff. Mme Delte devait payer par bien des inquiétudes l'honneur d'avoir connu un si aimable locataire.

Elle avait d'ailleurs été mandée au Palais de Justice, dans le cabinet d'un juge d'instruction, et là avait eu à subir un long interrogatoire sur les habitudes, le travail, les relations de M. Romanzoff. L'honnête femme ne savait que les détails qui précèdent. Elle n'eut pas demandé mieux que d'apprendre quelque chose de plus. Mais on la congédia sans satisfaire le moins du monde son ardente curiosité. Jamais héros n'avait flotté, à ses yeux, dans une atmosphère plus romanesque et ne lui avait inspiré un plus violent intérêt.

Un matin, le facteur lui remit la lettre suivante :

Chère mère,
Des circonstances malheureuses ont accidentellement fermé sur moi les portes d'une prison. Ne vous en affligez pas plus que je ne m'en effraye moi-même. Innocent et plein de confiance dans la justice, j'espère être bientôt rendu à la liberté. En attendant, la privation de linge et de tous autres objets de toilette me fait bien souffrir. La totalité des choses que je possède est restée dans l'appartement de M. Romanzoff. On me permet de vous les réclamer par écrit. Vous en trouverez la liste plus bas. Si vous étiez assez bonne pour mettre le tout sous enveloppe et me le faire parvenir à Sainte-Pélagie, où je suis détenu, vous me rendriez un service que je n'oublierais jamais.
Votre fils respectueux et dévoué,
PRESSEL.

La lecture de cette lettre jeta Mme Delte aux prises avec de nouvelles perplexités. Alarmée sans savoir pourquoi, craignant vaguement d'être compromise dans quelque complot, elle en venait insensiblement à ne plus dormir tranquille. Les conjectures des commères du voisinage achevaient de lui mettre l'esprit sens dessus dessous. Cette lettre la surprit justement au plus fort de ces inquiétudes. Elle ne savait réellement que faire. Quelqu'un enfin lui conseilla de se rendre au parquet et de remettre la lettre entre les mains du magistrat qui précédemment l'avait interrogée. C'est ce qu'elle fit.

Le juge d'instruction, ayant pris connaissance du papier, demanda à Mme Delte ce que signifiait l'expression de *chère mère*, qui figurait en tête de la lettre. Mme Delte ne sut positivement comment résoudre la question. Elle n'était pas moins étonnée de ce terme que le juge lui-même. Il n'y avait qu'une manière de l'expliquer, encore était-elle peu explicite. C'est la coutume des ouvriers que lie entre eux le compagnonnage d'appeler *mère* la femme chez qui ils mangent et demeurent. Peut-être Pressel avait-il été compagnon ; peut-être bien encore avait-il simplement fréquenté avec des compagnons. Le magistrat au reste n'insista pas sur ce détail. Il renvoya Mme Delte après l'avoir autorisée à faire ce que désirait Pressel.

Chapitre 8

N INTERVALLE DE VINGT-DEUX mois environ sépara l'ensemble de ces faits des débats judiciaires qui devaient les compléter et les expliquer. Il faut d'un bond franchir l'espace compris entre janvier 1842 et le mois d'octobre 1843. Seulement alors, devant la Cour d'assises de la Seine, on apprit ce qu'était décidément Romanzoff et de quel crime on accusait un homme en apparence si recommandable.

En 1841, le gouvernement prussien, aux nombreuses contrefaçons des billets de son trésor, prenait l'alarme. L'examen de ces contrefaçons témoignait d'une habileté extrême. Dès que les défauts qui pouvaient en révéler la fausseté étaient signalés par les gazettes, le faussaire ou les faussaires s'empressaient de les corriger. Après huit années d'efforts et huit éditions successives, ils étaient parvenus à une imitation d'une exactitude désespérante.

Un agent spécial, M. Magnus de Mirbach, envoyé de Berlin à Paris, à l'effet de rechercher l'auteur de ces fraudes, constata que le nombre des faux billets mis en circulation montait à 450 de cinq thalers chacun, et acquit en même temps la certitude que le faussaire était un nommé Théodore Herweg qui avait pour complice un sieur de Knapp, tous deux originaires de Prusse. M. de Mirbach ne négligea rien pour les découvrir et les faire arrêter. Mais bien qu'une récompense de 3000 francs eût été promise pour l'arrestation de chacun d'eux, ils purent se soustraire aux intelligentes et actives recherches de la police.

Cependant un fait, dénoncé par la police anglaise, vint mettre soudainement la justice sur leurs traces.

Le 30 novembre 1841, un jeune homme d'à peu près trente-cinq ans, se présenta chez M. Buttson, banquier à Londres, et y offrit au change trente-six billets de 1000 francs, de la Société générale (général) de Belgique pour favoriser l'industrie. Ce jeune homme, qui d'après son passe-port s'appelait Kaniez, déclara qu'il demeurait à *Guild-Hall coffe house*. M. Buttson lui prit les trente-six billets et lui donna des bank-notes en échange. Les trente-six billets, envoyés à Bruxelles et à Anvers, furent reconnus faux et mis entre les mains du procureur du roi. Il va sans dire que le prétendu Kaniez avait déjà disparu de l'hôtel *Guild-Hall, coffe house*.

Fondés à croire que cet individu, qui voyageait en compagnie d'un camarade du même âge que lui, s'était dirigé vers la France, des agents anglais vérifièrent, tant à Boulogne qu'à Calais, l'état des voyageurs qui avaient récemment traversé ces deux villes pour aller soit de Paris à Londres, soit de Londres à Paris. On sut de la sorte : 1° que le 28 novembre 1841, s'étaient embarqués à Calais, pour Londres, Charles Vongier, venant de Paris, porteur d'un passe-port délivré à la préfecture de police le mai précédent, et Ernest Dareno, venant également de Paris, porteur d'un passe-port délivré à la même préfecture, le 21 juin 1841 ; 2° que ces mêmes individus, venant de Londres, avaient débarqué à Boulogne le 2 décembre, et que leur débarquement coïncidait avec le change, chez Adam et C°, à Boulogne, de l'une des bank-notes remises à Kaniez par M. Buttson en échange des billets belges.

C'était déjà quelque chose.

M. Buttson fit insérer dans le journal le *Galignani's* les numéros et la description des bank-notes par lui délivrées à Kaniez ; mais les faussaires changèrent les numéros, et la surveillance des changeurs de Paris fut ainsi mise en déroute.

D'autre part, sur ces renseignements que lui transmettait la police anglaise, la police de Paris découvrait que, des deux passe-ports dont ces individus étaient porteurs, celui où figurait la date du 21 juin 1841 n'avait nullement été délivré à un nommé Ernest Dareno, mais à une femme qui se faisait appeler Ernestine Daren. Ce passe-port avait donc été falsifié.

Or, le 6 janvier 1842, ce jour au déclin duquel Romanzoff éperdu devait faire ouvrir sa porte par un serrurier, la femme Daren elle-même vint à la préfecture de police demander un passe-port pour Cologne. Invitée à dire si elle n'avait pas quelque ancien passe-port, elle répondit que oui, mais qu'elle ne savait pas ce qu'il était devenu. L'arrêter sur-le-champ n'eût pas été habile : des complices pouvaient l'attendre à la porte, prendre ombrage de cette arrestation et s'échapper. Un nouveau passe-port fut délivré à Mme Daren. On se borna à la faire suivre. Elle se rendit à Passy, rue Vital, où elle occupait une maison entre cour et jardin. On sut des gens du voisinage que cette dame vivait là avec un étranger qui portait le nom de Romanzoff.

Le jour même, à la tombée de la nuit, un commissaire de police, accompagné du chef de service de sûreté et de plusieurs agents, se présenta chez Mme Daren pour y faire des perquisitions. Trois pistolets de calibre, chargés et amorcés, gisaient sur une table, dans la chambre à coucher ; sous le traversin du lit était caché un billet de 500 fr. ; dans une alcôve attenant à la chambre à coucher, se trouvait une petite presse en taille-douce, dégarnie de caractères et presque neuve, que la femme Daren déclara appartenir au nommé Romanzoff, qui s'en servait pour tirer des gravures.

« Où est ce Romanzoff ? lui demanda-t-on.

– Il est sorti, répondit-elle : je l'attends. »

En ce moment même, le chef de service de sûreté vit de la lumière au fond du jardin et s'aperçut qu'il existait de ce côté un petit pavillon. Il s'y dirigea aussitôt avec ses hommes.

Les lumières et le bruit éveillèrent l'attention de Romanzoff, alors dans ce pavillon avec Pressel. Romanzoff devina le danger. Sans perdre une seconde, il ouvrit une fenêtre qui voyait sur une ruelle déserte, jeta son manteau sur le pavé, se laissa glisser sur le manteau et courut précipitamment à son logement de Paris où eut lieu la scène esquissée dans le chapitre V.

Pressel était donc seul ; il avait fermé la fenêtre et s'était assis à une table où étaient rangés deux couverts.

A la vue de ce jeune homme dont le visage imberbe n'accusait pas vingt ans, le chef du service de sûreté comprit qu'il n'avait aucun des deux faussaires signalés sous les yeux. Il le questionna. Le jeune homme balbutia en mauvais français qu'il s'appelait Pressel, qu'il était originaire du Wurtemberg, qu'il avait fait, à Londres, la rencontre de M. Romanzoff, sur l'invitation duquel il était venu à Paris.

« D'où vient qu'il y a deux couverts sur cette table ?

– J'attends M. Romanzoff pour dîner, » repartit Pressel.

On procéda à de nouvelles perquisitions. Les découvertes furent précieuses. Il semblait qu'on fût dans le véritable atelier du faussaire. Sur un établi étaient épars des burins, de la cire molle, des acides, une presse, des épreuves de faux billets, enfin cinq petites planches gravées, dont quatre avaient évidemment servi à tirer non-seulement des faux billets prussiens de cinq thalers, mais encore des faux billets de 1000 fr. de la société générale de Belgique. Sous l'enveloppe qui enfermait les planches, se trouvaient trente-six feuilles de papier, d'une teinte gris-bleu, au milieu desquelles on lisait, en les présentant au jour, les mois *mille francs* ; ces feuilles étaient sans aucun doute destinées à un nouveau tirage de billets belges.

Pressel fut de nouveau questionné.

« Où êtes-vous descendu, à Paris ?

– Chez M. Romanzoff.

– Où demeure-t-il ?

– Depuis un instant, monsieur, répondit Pressel, je cherche à me rappeler le nom de la rue, et je vous avoue franchement ne pouvoir y parvenir. »

Après avoir cherché longtemps et avoir estropié vingt noms de rue, Pressel finit par trouver la rue Monsieur-le-Prince.

« Ne sauriez-vous pas non plus le numéro ? »

Pressel, en effet, ne montra pas ici une mémoire moins infidèle. Les heures s'écoulèrent. Il n'était pas loin de minuit, quand la police sut enfin que Romanzoff demeurait rue Monsieur-le-Prince, n° 2. On se souvient de ce qui arriva alors et des affres de la pauvre Mme Delte.

Les perquisitions à ce domicile de Romanzoff amenèrent d'autres découvertes non moins importantes. Entre autres choses, on y trouva un passeport délivré à la préfecture de police, le 1er avril 1841, à Romanzoff de Rochum (Westphalie) ; un portrait fait en Angleterre qu'on supposa, à certains indices, être celui de Romanzoff ; des instruments de graveur ; des matières employées pour le tirage des épreuves ; vingt et une feuilles de papier rose, au milieu desquelles on avait formé, au moyen d'un emporte-pièce, les mots et les chiffres *funff thaler* 1835 et les lettres FR entrelacées.

Le télégraphe signala Romanzoff dans toutes les directions ; des mandats d'amener, accompagnés de la lithographie du portrait trouvé rue Monsieur-le-Prince, furent envoyés aux environs de Paris et dans les principales villes de France. Mais depuis près de deux ans, Romanzoff avait su déjouer tous les efforts que les polices de France, de Prusse, d'Angleterre et de Belgique, avaient faits pour le saisir.

Chapitre 9

AUTE DE PREUVES SUFFISANTES, Pressel, après quelques mois de détention à Sainte-Pélagie, avait été mis en liberté. La femme Daren seule, que l'accusation signalait comme la complice des faussaires, avait été maintenue en état d'arrestation et enfermée à Saint-Lazare. Après vingt-deux mois de prévention, au mois d'octobre 1843, elle comparaissait enfin devant le jury.

C'était une femme de taille moyenne dont la figure douce annonçait de l'intelligence ; son habillement, entièrement noir, était d'une simplicité monastique. De longs cheveux très-bruns, qu'elle portait en boucles tombantes, faisaient ressortir sa pâleur sur laquelle se détachaient des yeux d'une grande vivacité. Elle s'exprimait fort convenablement.

Au banc de la défense, à côté de l'avocat, était assis l'un des fils de Mme Daren, jeune homme d'une vingtaine d'années, graveur sur bois, à Paris.

L'histoire de cette femme témoignait au moins d'une bien mauvaise étoile. Née en Pologne d'une très-honorable famille, elle pouvait avoir aujourd'hui quarante et un ans. Un nommé *Darenne,* professeur de français au collège de Varsovie, avait demandé sa main et l'avait obtenue. Impatient de faire valoir l'argent de sa femme, il était parti avec elle pour Paris, où l'attendait, assurait-il, une magnifique position. De fait, il était sans ressources. Ses tentatives n'avaient abouti qu'à la misère. Marié en 1819, il se séparait de sa femme en 1832, et la laissait avec trois enfants à élever.

« Il ne me restait absolument rien, ajouta ici l'accusée. Je ne perdis pas courage : je pris une table d'hôte et une maison garnie dans la rue Mazarine d'abord, puis rue Saint-André-des-Arts, puis rue Mignon. Mes bénéfices étaient en moyenne de dix francs par jour. En quelques années, je réalisai 3000 francs d'économies, bien que j'eusse trois enfants à ma charge. Je n'étais pas au bout de mes épreuves. En 1839, se présenta chez moi Romanzoff avec une lettre de recommandation. Il se disait réfugié allemand. J'eus compassion de la détresse où il était alors et lui fis de nombreuses avances. C'est mon seul crime. J'ignorais absolument ce que faisait Romanzoff, et j'étais trop discrète pour lui adresser des questions à ce sujet. Plus lard, il m'assura avoir reçu de l'argent de sa famille, et, après s'être empressé de me rendre ce qu'il me devait, me contraignit, par jalousie contre mes compatriotes qui fréquentaient ma table d'hôte, à vendre mon établissement. »

Le président lui demanda :

« De la rue Mignon, où êtes-vous allée ?

– A Passy, dans une maison louée par Romanzoff, et dont il payait le loyer.

– N'avez-vous pas fait un voyage en Prusse avec lui ? Quel était le but de ce voyage ?

– Romanzoff se prétendait réfugié prussien ; ses parents, disait-il, devaient s'occuper d'obtenir sa grâce. Il me chargea de remettre une lettre et de l'argent à l'un des membres d'une famille Herweg, qui devait lui faciliter des communications avec sa famille à lui, Romanzoff.

– Où avez-vous retrouvé Romanzoff ?

– Il m'attendait à Liège.

– Vous aviez un passe-port pour faire ce voyage. Qu'en avez-vous fait ensuite ?

– Romanzoff me l'a demandé pour une dame qui voulait passer en Angleterre. Je le lui donnai, après l'avoir fait viser pour ce pays, et en lui remettant une reconnaissance souscrite à mon profit par un Polonais qui habitait Londres, et que cette dame devait voir. »

De nombreux témoins furent entendus. Ils ne dénoncèrent aucun fait à la charge de cette femme. Plusieurs d'entre eux vinrent même faire l'éloge de sa probité.

L'avocat général prit ensuite la parole et s'éleva avec force contre la conduite de l'accusée qu'il représenta comme entièrement livrée à Romanzoff.

« Nous avons le droit, dit-il, de flétrir hautement cette conduite. Cette femme a oublié tous les sentiments d'honneur ; elle a méconnu ses devoirs d'épouse et de mère, et personne ici ne peut protester contre mes paroles....

– Moi, monsieur ! s'écria une voix qui partait du banc de la défense.

– Quel est cet homme ? » demanda le président.

L'avocat répondit :

« C'est le fils de l'accusée.... Tout le monde comprendra le sentiment qui a provoqué cette interruption, et je vous prie de vous montrer indulgent.

– Qu'on le fasse sortir. »

Une plaidoirie, pleine de détails honorables pour Mme Darenne, tous détails parfaitement prouvés, ajouta à l'intérêt que cette femme inspirait déjà. Elle n'était pas seulement d'une très-noble famille polonaise, chez laquelle le roi de Bavière n'avait pas dédaigné d'accepter l'hospitalité pendant huit jours, Mme Darenne était encore d'un caractère charitable à l'excès et dévoué jusqu'au fanatisme. La lettre suivante, adressée au défenseur et signée du nom respectable de l'une des dames inspectrices de Saint-Lazare, produisit sur l'auditoire une très-vive impression :

Monsieur,

J'apprends seulement aujourd'hui le nom du défenseur de Mme Darenne, et je m'empresse de m'acquitter d'un devoir envers lui, en l'instruisant de faits dont sa cliente ne lui a sans doute pas parlé. Oui, monsieur, j'en suis sûre, Mme Darenne ne vous a rien dit de l'estime qu'elle a su conquérir ici par sa douceur, sa résignation pleine de dignité, et son dévouement sans bornes pour ses compagnes d'infortune. Il n'est pas un jour de sa longue prévention qui ne soit marqué par un acte d'obligeance et de générosité.

Il y a quelques mois qu'une nourrice rapporta un petit enfant à une détenue qui lui devait quinze francs et ne pouvait la payer. La nourrice, défiante et surtout pauvre sans doute, déclara que n'étant pas payée, elle allait porter l'enfant à l'hospice des Enfants-Trouvés. La mère était au désespoir, car les plus perverses de nos malheureuses femmes ont encore des entrailles ! Cette mère implorait à genoux la pauvre paysanne, qui refusait, les larmes aux yeux, mais qui refusait.... Mme Darenne venait de recevoir une petite somme, bien faible, puisqu'elle ne payait pas la dette tout à fait ; mais elle dit avec tant d'émotion : *Voilà tout ce que j'ai au monde !* en donnant ses onze francs, que la nourrice se déclara payée, et promit de garder l'enfant.

Pour comprendre ce qu'il y a de dévoué dans cette action, il faut savoir les privations auxquelles sont soumises les prisonnières sans ressources. Mme Darenne a été détenue bien longtemps, n'a reçu que les faibles secours d'un fils dont la carrière est à peine commencée ; et cependant pas une plainte ne lui est échappée. Elle n'accusait personne de lenteur et d'injustice ! Confiante en Dieu, et en son innocence sans doute, elle attendait, calme et bienveillante, que le jour de la délivrance arrivât.

Attirée vers elle par cette pitié que m'inspirent toutes les misères, je voulus savoir si j'avais raison de lui accorder plus d'intérêt qu'à beaucoup d'autres. J'ai pris des renseignements près de quelques grandes familles polonaises, et j'ai su qu'à l'arrivée des réfugiés de cette nation, avant que le gouvernement français eût pourvu à leurs besoins, elle avait donné du pain à un grand nombre de ses frères proscrits.

UNE DES DAMES INSPECTRICES DE SAINT-LAZARE.

Mme Darenne fut acquittée.

« Ma fille ! ma fille ! » s'écria-t-elle en retombant sur son banc et en suffoquant de sanglots.

Chapitre 10

IEN DES MOIS ENCORE, Romanzoff, sans cesser sa coupable industrie, devait réussir à se rendre insaisissable. Sa ruse n'eût pas suffi sans doute à le soustraire à l'œil subtil des agents du service de sûreté ; il fallait qu'il fût secondé par un rare bonheur. Qu'on se rassure pourtant : il était tout à fait improbable qu'un homme assez hardi pour séjourner dans le milieu même où il alarmait tant d'intérêts, ne tombât pas un jour ou l'autre entre les mains de la justice. Effectivement, une dénonciation trahit enfin son incognito. Le 15 septembre 1846, c'est à dire, trois ans plus tard, le faussaire fut arrêté, à cinq heures du matin, dans une maison de la rue d'Anjou Saint-Honoré, où il demeurait depuis le 10 août précédent.

Sous le nom de Charles René, il occupait au fond de la cour, au premier étage, un logement qui semblait indiquer un amateur des arts. A la vue du mandat dont le commissaire de police était porteur, le prétendu René avoua qu'il était né dans la Prusse rhénane, qu'il avait été baptisé sous les noms de Théodore Herweg, mais que des circonstances particulières l'avaient mis dans la nécessité de prendre d'autres noms, notamment celui de Romanzoff.

Tout l'outillage du faussaire, des planches en cuivre et un grand nombre de bank-notes fausses furent saisis.

Le même jour, peu d'instants après, un autre commissaire de police, assisté également du chef de service de sûreté, se transportait rue de la Tour-d'Auvergne, au domicile d'un maître de langues, qui prenait le nom d'Antoine Germain.

Une perquisition amena la saisie de trois passeports, d'une empreinte du cachet de la préfecture de police, d'un calque de billet de banque, d'une petite presse en fer et en cuivre, garnie de quatre vis, etc.

Aucun papier ne portait le nom de Germain. Celui-ci déclara alors qu'il s'appelait Antoine de Knapp, qu'il était né en Prusse, et qu'il avait eu depuis longtemps des rapports de commerce avec Romanzoff dans les faux commis par ce dernier.

Herweg et de Knapp, tous deux d'une tournure et d'une figure distinguées, comparurent enfin devant les assises en septembre 1847.

Chose triste à dire, jamais peut-être ne vit-on, sur le banc des coupables, jeunes gens plus intelligents, plus instruits et mieux élevés. Ils ne nièrent aucun des faits à leur charge, et donnèrent avec une parfaite urbanité tous les renseignements qu'on exigea d'eux.

La complicité de de Knapp s'était à peu près bornée à mettre en circulation les faux billets. Son habileté était loin d'être aussi redoutable que celle de Romanzoff. Sans ce dernier il est certain même que de Knapp n'eût jamais existé. En 1836, il avait déserté de l'armée prussienne, où il servait en qualité d'aide-chirurgien, et s'était réfugié à Metz. C'était dans cette ville qu'il avait rencontré Herweg et s'était lié avec lui.

Privé d'une place lucrative, Romanzoff relevait à peine d'une grave maladie et se trouvait sans ressources. Il entra un matin dans le logement où de Knapp était encore au lit, et, frappant du poing sur une table avec exaspération, il s'écria : « Il me faut 300 000 francs, et je les aurai ! — Comment ? lui dit de Knapp. — Je ferai de faux billets du trésor de Prusse, » répondit Herweg. De Knapp s'offrit à les émettre, et il fut convenu que le produit des émissions serait partagé entre eux.

Herweg et de Knapp avaient retiré plus de 40 000 francs, tant de l'émission des faux billets prussiens que de celle des billets de la Société générale de Belgique.

Les débats ne révélèrent aucun autre détail plus saillant sur de Knapp, sinon qu'il était poëte. Il l'était en effet, si l'on peut mériter ce titre pour aligner des syllabes et y coudre des rimes. A tout dire, il fut donné, de ses capacités lyriques, un spécimen où il eût été difficile, avec la plus partiale indulgence, de trouver ce qu'on appelle un bon vers.

Des lettres relatives à un duel furent saisies parmi les papiers de Romanzoff, et celui-ci, interrogé à ce sujet, répondit :

« C'était un duel que je devais avoir avec M. de Knapp, pour des motifs étrangers au procès, et sur lesquels il est inutile que je m'explique. »

La destinée de Romanzoff, alors âgé de trente-quatre ans, avait subi déjà bien des phases diverses.

« D'abord étudiant, dit-il, j'entrai ensuite à l'école militaire de Prusse. C'était en 1830. La fièvre des idées libérales s'était répandue dans toute l'Europe. On nous donna pour thèse d'une composition les *Institutions militaires*. La dissertation que je fis sur ce sujet fut considérée comme une œuvre de propagande. Ma jeunesse seule me sauva de la prison. On se borna à me chasser de l'école.

« L'ennui d'une vie inoccupée me fit peu après bombardier dans un régiment d'artillerie prussienne. En 1834, me trouvant à Cologne, un nommé Balden me conseilla, ou mieux, me défia de contrefaire des billets du trésor de Prusse. Je fabriquai quelques billets de cinq thalers. Ayant été dénoncé et poursuivi, je me réfugiai en Belgique, puis en Hollande, puis en France.

« Je fus quatre années directeur d'une usine à Ars, non loin de Metz. Mon traitement était de huit mille francs. Une discussion avec l'un des contremaîtres de la fabrique me contraignit de renoncer à cette place. Ce fut alors que malade, sans ressources, désespéré, je me liai avec de Knapp et me résolus à fabriquer des faux billets du trésor de Prusse. De Knapp en émit à Metz, à Coblentz et à Trêves. Son arrestation, puis son évasion presque immédiate, eurent du retentissement. Je jugeai à propos de venir me cacher à Paris... »

On connaît sa liaison avec la femme Darenne ; on sait qu'en 1841, avec le passe-port falsifié de cette femme, il passa en Angleterre pour y négocier des faux billets de la Société générale de Belgique. C'était à cette époque que, dans une taverne de Londres, il avait fait la connaissance du jeune Pressel, alors aux prises avec une grande détresse. Romanzoff l'avait secouru, et, lui ayant reconnu de l'intelligence, l'avait engagé à venir le trouver à Paris.

Mais que devint-il lors de l'incarcération de Mme Darenne à Saint-Lazare ? C'est ce que fit connaître sommairement son interrogatoire. Il se sauva en Italie sous le nom d'Oswald, y séjourna six mois et revint en France. Son mauvais génie ne lui laissa point de trêve. Tandis qu'on jugeait Mme Darenne, Romanzoff, retiré dans une maison de la rue du Roi de Sicile, gravait de nouvelles planches, fabriquait de nouveaux papiers et mettait au jour de fausses bank-notes. L'année suivante, 1844, sous le nom de Linder, il allait les émettre à Lille, à Bruxelles, à Anvers. Cette émission lui rapportait soixante cinq mille francs. De Knapp n'y avait point participé.

On avait saisi rue d'Anjou Saint-Honoré, la planche qui avait servi au tirage de ces bank-notes. Elles étaient de cent livres sterling chacune. Des cinquante-neuf qu'il avait tirées, il n'en avait mis encore que vingt-sept en circulation. Datées de Londres, 5 octobre 1843, elles portaient toutes la suscription suivante en anglais : *Pour le gouvernement et la compagnie de la Banque d'Angleterre*, et à la suite la signature de l'un des caissiers de cette banque. Sept noms différents figuraient dans ces diverses signatures.

Il avait commencé à graver sur une planche les vignettes d'un billet de mille francs de la dernière création de la Banque de France.

« C'est vrai, dit-il ; mais j'avais abandonné cette idée. Cette ébauche remontait à au moins neuf mois avant mon arrestation. »

On avait saisi encore des feuilles de papier blanc qui présentait le même filigrane que le papier des billets de la Banque d'Angleterre, c'est-à-dire les mots *Bank of England*, enlevés en deux endroits dans la pâte du papier.

Un chimiste expert constata que tout avait été combiné avec un art merveilleux.

« La dernière planche qui a servi à la fabrication des bank-notes, dit le graveur général des monnaies, était faite avec une telle intelligence, que si je n'avais pas reçu des renseignements de l'accusé Herweg, je n'aurais pu me rendre compte des procédés qu'il avait employés. C'est gravé avec une rare exactitude et avec une perfection extrême. Je me suis procuré une bank-note véritable chez un changeur, et j'avoue qu'il était très-difficile de distinguer la fausse bank-note de la véritable. »

On demanda à Romanzoff si c'était dans la papeterie d'Ars qu'il avait appris à fabriquer le papier dont il s'était servi.

« Non, monsieur, répondit-il : je l'ai appris moi-même, dès que je me suis occupé de cette fabrication. »

Le graveur général des monnaies fit observer que l'accusé lui avait donné toutes les explications désirables.

« Excepté sur la fabrication du papier, interrompit Romanzoff : c'est mon secret. »

Un juré s'inquiéta de savoir s'il y aurait quelque importance à connaître le procédé de l'accusé pour fabriquer le papier.

« Une grande importance, répondit M. Barre. Ce secret serait très-précieux pour la Banque de France. »

Et Romanzoff, invité à dire s'il voulait faire connaître son secret, répliqua :

« Volontiers, monsieur ; mais il y aurait le plus grave inconvénient à le divulguer au public. Ce qui a restreint jusqu'à présent le nombre des faussaires, c'est la difficulté de fabriquer du papier. Si je faisais connaître publiquement mon secret, on pourrait en abuser. »

L'émission de 1838 non comprise, Herweg s'était procuré avec les thalers de Prusse 11 000 francs, avec les billets de la Banque générale de Belgique 35 000 francs, avec les bank-notes 65 000 francs. Toutefois, sans compter que de Knapp avait eu sa part dans le produit de l'émission des billets de Prusse et de celle des billets belges, l'accusation elle-même constatait que Romanzoff n'avait pas dépensé à son profit personnel le total de ses crimes, que, spontanément, il avait avancé 8000 francs à un nommé Benoist, chez lequel il prenait ses repas, qu'il avait prêté 600 francs au sieur Juker, dans la maison duquel il avait demeuré, qu'il avait réparti ainsi différentes sommes entre des personnes dont il s'était refusé à dire les noms.

En attendant, quelque intérêt que certains détails aient répandu sur Romanzoff, il faut convenir que l'avocat général, dans son réquisitoire, était solidement fondé à prétendre que les deux accusés étaient d'autant moins excusables qu'ils étaient mieux doués et plus instruits.

Il put ajouter sans sortir des bornes d'une appréciation équitable :

« Ces hommes sont plus dangereux que les voleurs de grand chemin.... On peut se prémunir contre ces derniers, tandis que le commerce est désarmé contre de tels faussaires. En procédant avec l'audace et la persévérance que vous leur connaissez, ils menacent toutes les fortunes.... Vous ne voyez qu'un échantillon de leur redoutable industrie dans cette émission de billets de tous genres qui leur a procuré plus de 110 000 francs. »

Leur condamnation suivit. Romanzoff accueillit la sienne avec cette calme résignation de l'homme qui se sent justement perdu.

Un dernier détail avait fait connaître une ruse grâce à laquelle il eût pu se soustraire encore longtemps aux recherches. Le chef du jury, maire ou adjoint dans une commune des environs, demanda si Herweg reconnaissait ne faire qu'une même personne avec Romanzoff.

« On m'avait envoyé, ajouta-t-il, le portrait de ce dernier, et ce portrait ne rappelle pas du tout l'homme que j'ai sous les yeux.

– Dans le logement du fugitif, répliqua le président, fut trouvé un portrait que, sur certaines indications, on supposa à tort être celui de Romanzoff et qui fut envoyé à tous les officiers de police ainsi qu'aux changeurs de Paris. »

Or, ces indications trompeuses étaient de la main même de Romanzoff.

Bien des gens, cependant, ont penché à croire que Théodore Herweg était le martyr d'une sorte d'obsession. La monomanie du faux existe aussi réellement que celle du meurtre. Pendant des années, il avait voué ses jours et ses nuits au travail, il avait dépensé plus de talent, de patience, d'audace, d'énergie, qu'il n'en eût fallu pour lui assurer le succès dans une carrière glorieuse, et cela pour aboutir inévitablement à un abîme que lui-même, chemin faisant, de loin en loin, entrevoyait avec terreur. Ne l'avait-on pas vingt fois entendu dire, d'un air sombre et désespéré : « Ah ! je finirai mal, je finirai mal ! »

Quoi qu'il en soit, par l'ensemble même de ses qualités brillantes, Romanzoff reste une figure heureusement très-rare. Ne se pourrait-il pas, au surplus, que l'apparition intermittente de tels hommes eût aussi quelque raison d'être ? N'aurait-elle d'autre effet, par exemple, que celui de sonner l'alarme et de nous avertir qu'il serait prudent de chercher la sécurité des intérêts ailleurs que dans des garanties d'un ordre purement matériel ?

Table des matières